只是个女孩

Una bambina e basta

[意]利娅·莱维　著

[波]佐西亚·杰尔扎夫斯卡　绘

杨兰　译

北方联合出版传媒(集团)股份有限公司

万卷出版有限责任公司

著作权合同登记号：06-2023 年第 275 号

图书在版编目（CIP）数据

只是个女孩 /（意）利娅·莱维著；（波）佐西亚·
杰尔扎夫斯卡绘；杨兰译. -- 沈阳：万卷出版有限责
任公司，2024.2
　　ISBN 978-7-5470-6420-7

　　Ⅰ.①只… Ⅱ.①利… ②佐… ③杨… Ⅲ.①长篇小
说—意大利—现代 Ⅳ.①I546.45

中国国家版本馆CIP数据核字（2023）第239163号

© 2020 HarperCollins Italia S.p.A., Milano
Published by arrangement with HarperCollins Italia S.p.A.
First published in 2020 in Italian under the title: Una Bambina e basta
Published in agreement with Grandi & Associati, Milano
Text: Lia Levi
Cover and interior illustrations: Zosia Dzierżawska
The simplified Chinese translation rights arranged through Rightol Media（本书中文简
体版权经由锐拓传媒旗下小锐取得 Email: copyright@rightol.com）

出 品 人：王维良
出版发行：北方联合出版传媒（集团）股份有限公司
　　　　　万卷出版有限责任公司
　　　　　（地址：沈阳市和平区十一纬路 29 号　邮编：110003）
印 刷 者：辽宁新华印务有限公司
经 销 者：全国新华书店
幅面尺寸：145mm×210mm
字　　数：70 千字
印　　张：6
出版时间：2024 年 2 月第 1 版
印刷时间：2024 年 2 月第 1 次印刷
责任编辑：王　越
责任校对：张　莹
装帧设计：李英辉
ISBN 978-7-5470-6420-7
定　　价：39.80 元
联系电话：024-23284090
传　　真：024-23284448

献给基娅拉、西莫内和卡米拉，

他们一直阅读我的作品并给予我支持。

献给朱利娅诺和佩内洛佩，

感谢他们愿意阅读我的文字。

致所有的中国小读者

亲爱的小朋友们，让我们一起先想象一下，我们之间远隔千山万水，这要是在过去，如果我们想见上一面，需要徒步或者骑马走好几个月，甚至好几年。

可是现在呢？我们享受着技术进步带来的奇迹，你们可以读到我的文章（正如我期待的），并且还可以通过网络来向我提问，而我一定会毫不犹豫地回复你。

之所以给你们写这封信，只为了让你们对我多一点了解，聆听一个在战争年代、充满迫害的世界里长大的小孩的故事。

我现在住在意大利的首都罗马，有两个孩子、五个孙子孙女，他们都是在我的陪伴下长大的，不过现在我不打算说这个话题。

我来自一个犹太家庭，《只是个女孩》讲述的故事就是因此开始的。让我们回到1938年，整个故事开始的那一年。但是首先还是要简单提一下犹太人和犹太教的历史。

正如你们所知，犹太教是一种宗教。但是很久以前，犹太人也有自己的国家（现在也又有了），这个国家过去被古罗马军团覆灭，犹太人被迫散落到世界各地，绝大多数人都逃到了欧洲。几个世纪过去了，这些散落的犹太人已经和其他国家的人完全混杂融合在了一起，既然如此，把犹太人当作敌人还有什么意义呢？只因为他们信奉另一门宗教吗？信仰不同又不会伤害别人，并且也不可能改变别人的信仰。

然而事实上，几个世纪以来，这种迫害几乎一直存在。

让我们直接从我自己经历的 20 世纪说起吧！

德国（从 1933 年开始）在残暴的独裁者阿道夫·希特勒的命令下开始了针对犹太人的迫害，而意大利（从 1938 年开始）也在贝尼托·墨索里尼的命令下开始迫害犹太人。犹太人一夜之间成为他们的攻击目标，一切都只是因为种族。

他们认为，这一所谓的"犹太种族"必须从社会中根除。但是我们应该知道，种族这一概念，是不存在的。不同的人种之间确实有一些差异，皮肤的颜色、眼睛的形状……但这些都是外在的因素。科学家已经解释过了，其实世界上没有任何一个基因可以用来区分人类群体。

回到我自己的故事中来，不得不说明一点，我和家人们遭受的那些针对犹太人的政策，尽管十分恶劣，但也并没有像那时的德国人一样把彻底消灭犹太人作为终级目标，只不过，这些政策成功地将犹太人从人类社会中单独剔除出来。

首先，他们把所有犹太小孩从学校里赶了出来。我当时只有六岁，刚上完一年级，实在无法理解自己为什么再也不能见到我的老师和朋友。幸运的是，在我当时所在的城市（都灵）和其他的一些大城市里，犹太团体组建了一些犹太学校。但在犹太学校不太一样的是，我们不能去体育馆，不能去公共图书馆，也不可以报名参加任何兴趣班，甚至夏天都不可以去海边或者去其他度假胜地。

我年纪最小的妹妹，曾经梦想着成为一名芭蕾舞演员，她也确实很有天赋，却被禁止去皇家歌剧学校学习。即便在战争结束后她也没能重拾梦想，因为她已经错过了学舞的最佳年龄。

我的父亲也因此丢了工作，全家人不得不在好几个城市之间辗转流离，希望能暗度陈仓（意思是秘密地）再找到一份工作。后来，终于有了好消息——我爸爸在罗马找到了一份隐秘的工作。此后，我们家就搬到了首都罗马，并一直在这座美丽的城市里生活。

以上提到的种种经历从 1938 年一直持续到 1943 年，但我必须再强调一次，你也许发现了，这时的犹太人虽然受到了不公正对待，但这些可耻的法律中并没有一条宣称犹太人应该被处死。

然而随着德国人在 1943 年占领意大利，一切都改变了。原因说来话长，或许等你们长大了，才能明白其中缘由。

这时已不是犹太人被区别对待的问题了，连他们的性命都受到了威胁。

所有人都知道德国人会抓捕犹太人，然后用火车把他们运到集中营里。

就在德国人开始抓捕罗马犹太人的前几天，我父母把我和妹妹们藏进了一座修道院。修女们冒险收留了我们，将我们和其他"非犹太族"女孩混在了一起。为谨慎起见，我们甚至把姓名都换了（犹太人的姓氏很容易辨认），还要学习祷告，这样一来寄宿学校的其他女孩就不知道我们的身份了。

我和几个妹妹就这样得救了，我们的父母也找到了避难所。

1944 年 6 月 5 日，罗马被盟军的军队解放（盟军里有英国、美国、法国、俄国和其他许多国家）。

当我们梦寐以求的那一天终于到来时，我们的喜悦和激动难以言表，恐怕要专门写上一本书或来一首摇滚乐才能抒发；彼时，一种渴望在我心中不断膨胀，我真想化作小鸟自由飞翔。

补充一点和你们这群小家伙有关的内容。在我们四散逃难之际，并非所有犹太人都能找到避难所，或者说一个能接纳他们的国度。很多国家并不愿意收留这些处于极度危险中的人民。

而你们的祖国中国，几乎是最先敞开怀抱收容了许多可怜的流亡者，这是一件很美好而勇敢的事情，它同样不应被世人遗忘。

利娅·莱维

2024 年 2 月于罗马

| 目 录 |

海边的夏天

　　我叫利娅（如果你们看一眼这本书的封面，就会看到我的名字！），我想和你们讲一讲我小时候的故事。

　　我、妈妈、爸爸和我的两个小妹妹——加布里埃莱和薇拉，我们住在一个叫作都灵的城市。

　　都灵有很多漂亮的广场、一条大河和一个公

园，但是没有大海，离真正的大海也很遥远。

于是，每逢夏日来临，我们就在旅行箱里装上泳衣、小桶和小铲子，坐上火车，去往一个小镇子——那里有五颜六色的房子、沙滩、太阳伞、蓝色的浪花，即便你不会游泳，也可以去海边和浪花嬉戏。

而我的故事就这样开始了，一切要从沙滩上的一个报刊亭说起。爸爸妈妈对六岁的利娅说："今天你要去给我们买一份报纸。"

而他们口中的那个小亭子就在沙滩边上，所以不需要穿过马路就能到达，对小朋友来说也没什么危险。

所以呢？只是因为没有危险，就要我去买报纸吗？

我仔细想了想，恍然大悟。

我刚刚上完小学一年级，但好像跟没上过学一样。在那间放满了丑陋课桌的教室里发生的一切，我都不曾参与过。

原因很好解释。我超级（真的是超级！）害羞，在学校时，我嘴里一点儿声音都发不出来。

你们听过小鸟唧唧叫吗？那种唧唧……唧唧……唧唧……？我的声音就是这样的，所以没人能听见。

老师也是一样，一开始她还努力地竖着耳朵，试图想听明白我在说什么，可后来她也累了，因此她更喜欢让别的小朋友发言。

这就是我的爸爸妈妈想让我做的事：他们想让我走到人群中间，强迫我开口说话！

而现在，我就站在报刊亭前面，手里紧紧握着一枚硬币。

"先生！先生！"我觉得自己已经在大声吼叫了。

然而，好像还是只能听到唧唧……唧唧……唧唧……柜台后面那个魁梧的男人压根儿没转过身来。

我怎么才能买到报纸呢？如果我拿着钱回去，爸爸妈妈肯定会不高兴。

于是，我做了一个非常机智的决定——把硬币放在柜台上，然后自己抓了一份报纸。

"买来了！"我一边喊着（和爸爸妈妈说话时，我的声音就可以自动大声），一边挥舞着手中的报纸。

爸爸满意地拿过报纸，问道："找回的零钱呢？"

"那个人没有给我零钱。"我不禁哭起了鼻子。毕竟，这也是实话。

所以，可以想见这个故事的结尾很糟糕。

我们三个人——我、爸爸、妈妈一起来到报刊亭讨说法，然而那位先生说他一分钱都没看到，甚至，我们还要为我先前拿走的报纸付钱。

那个家伙肯定在说谎，但爸爸还是付钱了，因为他不喜欢吵架。

再见啦，学校

第二天，妈妈说要和我谈谈。

"唉，肯定又是买报纸的那件事。"我心里嘀咕，可真烦人。

其实并不是。妈妈先是让我坐下，然后很严肃地向我宣布："从明年开始，你不能再去你的学校上学了。"

唉，有必要摆出那样的表情吗？我可太开心了！这样一来，我就可以继续唧唧……唧唧……唧唧……地说话，而且再也不会有人因为这个而生我的气了。

但是，我怕妈妈会生气，所以为了让她高兴，还是略带遗憾地问了一句："为什么我不能再去我的学校了呢？"

"墨索里尼不想在意大利的学校里看到犹太小孩。"

荒谬！谁能相信这种蠢事呢？

我很清楚，"身为犹太人"意味着：

1. 偶尔要在周六去寺院（要是每个周六都去

就有点太夸张了）。

2. 周五晚上要点上两根蜡烛（一般，是妈妈来负责这件事），还有光明节也得这么做（那时还会收到礼物）。

3. 每年有一次斋戒日，也就是什么东西都不吃（但小孩子们不用）。

4. 逾越节，整整八天，不可以吃面包，只能吃一种特别的、扁扁硬硬的，叫作"无酵饼"的东西（然而，有一次在朋友家里，我忘了这回事，竟然吃了一整个黄油果酱夹心的圆面包）。

除此之外，我还知道另一件事。

墨索里尼是我们的元首，他可以命令我们所有

人。在班级合唱和诗朗诵的时候，我们一遍遍地唤

他："首领！首领！"

对于这样一个可以命令所有人的大人来说，怎

么会在乎个别犹太小孩（只是个别）在学校里表现

不好呢？就因为说话不出声吗？

我想一定是妈妈搞错了，于是，我跑去找

爸爸。

我向爸爸清楚解释了我的想法，但他脸上一点

儿笑容都没有，甚至比妈妈的表情还要严肃。

"你记得有一次你打碎了那个蓝色花瓶，还狡

辩说是你的妹妹薇拉打碎的吗？"

这又和花瓶有什么关系？我瞬间从椅子上跳起

来，急得满脸通红。要知道，我还以为当时所有人都信了我的话。

"你当时这样做，"爸爸平静地接着说，"是因为你妹妹还小，还不会说话，所以她也不会反抗。而且你也知道我们不会责怪她。"

真要命！刚经历买报纸事件，又被揭穿了这件事！

但好在我觉得爸爸没有任何想要责备我的意思。

"我只是想让你明白，有时候指责某些人是为了安抚另外的人。当一个国家出现了特别糟糕的事情怎么办？那就选一些和你不一样的人，然后说

'全是他们的错！他们是国家的敌人！'这样人们就会相信，甚至会变得很开心，因为他们终于知道该对谁发火了。"

我沉默了，爸爸说的事情太难理解了，我得好好想一想。过了一会儿，我对他说："你是想说，墨索里尼正在对犹太人做这样的事吗？"

爸爸点了点头，于是我大喊道："这样做太坏了！我以后再不唱什么'首领，首领'了！"

我原以为爸爸会满意我的回答，实际上并没有，他甚至有些生气。他紧紧捉住我的肩膀，或许本意是想拥抱我。

"你听好了，"他说，"你们喊'首领'的那个人可以凭自己的意愿决定任何事，其他人都要服从，反对的人会进监狱。"

我现在的眼神一定很恐惧，因为爸爸立刻又补充说："小孩子不会的，但他们会把爸爸妈妈抓起来。"

所以，这样说就能让小朋友不害怕了吗？

爸爸应该猜到了我的想法，于是他转头开始说笑话，轻轻地拍着我的肩膀，不一会儿我们又一起开心地大笑了起来。

"你只要答应我一件事，"他在最后对我说，"刚刚我对你说的话，你不要和任何人讲。"

这有什么好承诺的呢？大家都知道我说话的声

音总是唧唧……唧唧……唧唧……

　　好在接下来的两天什么也没发生，也没有人再对我说什么。

　　我和妹妹们在沙滩上堆城堡，而薇拉还小，总是让我们不得安宁，总是想做我们做的事，而且妈妈还要求我们必须在一起玩。

　　一天下午，我们在沙滩上参加了一场比赛，叫作"最美的城堡争霸赛"。为了不被薇拉看到，我们飞速地跑开了——要知道，带着这么小的妹妹，肯定会害我们输掉比赛。

　　这时，我看到爸爸和妈妈开心地向我跑来。

"你不会没学上了！"他们一起对我大喊，"在都灵，在犹太寺院旁边，正在组建一所犹太学校。明年你就可以去那儿上学了。"

没错，就是需要这样美好的结局，来破坏我一天的美好心情！

有那么一瞬间，我还觉得墨索里尼把我从学校的烦恼里解救出来了，至少对我是做了件好事。

犹太学校

在那所犹太学校上学的还有我堂姐安娜罗萨。

安娜罗萨只比我大一岁，但她感觉自己可大了。

从她看见我出现在她学校里的那一刻起，就决定成为我的守卫者。无论是谁敢招惹我，他就要倒霉了；要是有人敢让我输掉游戏，害我被惩罚，那他的结局只会更糟糕。

"我堂妹还小!"安娜罗萨对众人训话,说完猛的一下把我拽到她身边。

我确实个头儿很矮,脸颊圆圆的像两个小苹果,而且妈妈总爱在我头上绑个红色的蝴蝶结。

果然,没有人不服从我的堂姐。做游戏的时候,如果需要决定谁来当"笨驴",其他小朋友都会说:"她不能!"有时候,别的孩子们还会送我彩色铅笔或几张画报。

课堂上,老师吉内塔女士听到我像平时一样只发出"唧唧……唧唧……唧唧……"的声音时,她甚至会对我微笑,或许她家里也有和我一样的小孩。

犹太复活节到来了（那个一连八天只能吃"无酵饼"，其他什么都不能吃的节日，你们还记得吗？）。

节日的第一天晚上，所有人都要围坐在一张大桌子旁。虽然晚饭已经做好，但吃饭前每个人都要大声朗读一段故事，就是很多年前，摩西帮助犹太人逃离埃及的故事，因为埃及有一个很坏的国王，被称为法老，他对犹太人总是棍棒相向。

平时，我们都是在爷爷奶奶的家里听摩西的故事，但自从爷爷鲁文去世后，我们就再也没回去过。

犹太学校每年都会举办复活节晚餐、故事会和其他活动。一天，妈妈对我说："今年，我们去犹太学校过节。"听完，我很开心，因为我的堂姐安娜罗萨也在。

校长也告诉我们说，不知道是什么原因，今年参加学校组织的复活节晚餐的人比往年都多。

就这样，我们围坐在一张窄窄的、长长的桌子边，而且我发现所有人都看向我。这是因为妈妈给我设计了一个很可爱的造型——这次，她没用红色的发带，而是用了一条白色和一条蓝色的发带在我头上扎了个蝴蝶结，就像以色列国旗的颜色一样。

但我很确定，后面发生的事情可和双色蝴蝶结一点儿关系都没有。

稍等一下，我还要告诉你们一件有关犹太复活节的事。你们要知道，在朗读摩西和他的历险故事时，餐桌上年纪最小的小孩要提四个问题。

第一个问题是："为什么今天晚上与众不同？"其他的问题也都和这个差不多。但这些提问都是假装的，答案我们都清楚。这样做只是为了让大人可以把整个故事再讲一遍。这是一个游戏，就像我们在学校里表演节目一样。

但这对被选中来提问的小朋友来说，却不是一个游戏。他的爸爸妈妈要用两个月的时间，甚至四个月，来训练这个小朋友背诵问题里的每一个单词。

那么，复活节那天晚上在学校的礼堂中发生了什么事呢？

我的班主任吉内塔老师徐徐走来，然后停在我们的桌子旁边——她选中了我，就是我，她拉起我的手，温柔地拉着我往大厅里走。

"我们要去哪儿呢？"我心里既疑惑又有点害怕。

我们走到大厅中央的桌子旁，那里坐着拉比，他就相当于基督教里的神父。

吉内塔老师让我站到一张椅子上。

"现在你要问四个问题。"她微笑着对我小声说。

"可是我不会！"现在我更害怕了。那些问题我的堂弟阿纳尔多背过，但我不喜欢阿纳尔多，所以他背的时候我连听都没听。

"别紧张，"老师对我说，"我会一点儿一点儿地给你提示。"

后来，我们也确实是这样配合的。

她在我耳边悄悄提示，而我负责重复那些问题，说予其他人听。

我只消集中精力在这一件事上就行，所以并没有发现，完全没有意识到，为了执行这个特殊任务，我的嗓门不知不觉间提高了。

在提到第四个问题时，我就像是一位歌手，站在舞台上张开双臂并放声高歌："噢！噢！"

这个环节终于结束了，我从椅子上下来，所有

人都跑过来和我握手拥抱，同时对我说："太棒了，

你真棒！"

　　当爸爸妈妈来到我身边时，我看到他们眼里好像还噙着泪水。

　　"有声音了……敢开口了……"爸爸语无伦次

地说着，我当时并不懂他为什么表现得这么奇怪。

"你自己都没意识到吗？"妈妈说，"在大厅尽头的角落里都能听到你的声音。"

没，我没留意，我只想着要把我的声音"借"给如此善良的老师。

如果你们还想知道故事的后续，那我告诉你们：是的，在那天晚上，我把声音"借"给吉内塔老师的同时，我也把声音还给了我自己。

爸爸"丢了"工作

　　当我还很小的时候，在沙滩上弄丢了一只名叫小黑的玩具熊，虽然它全身都是白的，只有眼睛是黑的。我非常喜欢那只小熊，但有一天傍晚我把它落在了太阳伞底下，早上起来时就找不到了。

　　我弄丢了小黑，还为此哭了好几回，这件事大家都知道，虽然令人伤心，却也清晰明了。

而现在，我听到妈妈和叔叔们在嘀咕爸爸丢了工作的这件事。

这我可就不明白了，工作总不能也在傍晚的时候被遗忘在太阳伞底下了吧。

我只看到爸爸早上不再出门去上班了。

我不知道他为什么决定这样子待在家里。爸爸看起来很无聊，但他好像打算做一名画家，天天对着一大块画布、一堆画笔和颜料。你们知道他想画什么吗？就是我。他想画我的肖像，而且后面还会给这张画安上相框和装饰，就像给女王画的肖像一样。

但我一点儿都不喜欢坐在那儿一动不动，只坐上一会儿我的脖子都疼。

有一天，我跳起来大声问道："爸爸，为什么你不去上班？"

爸爸一下变得很难过，而妈妈对我非常生气。

她把我拽到另一个房间，对我说："你没明白吗？爸爸工作的单位不要爸爸了，就像你的学校不要你了一样。"

我不明白。我怎么会明白呢？你们告诉我的是墨索里尼不想在意大利学校里看到犹太小孩，但是我的爸爸又不是小孩，而且他也很多很多年不上学了。

可是，为什么现在墨索里尼要把这些可怜的职员也赶走呢？他们整天在办公室干活儿，甚至连玩的时间都没有。也许墨索里尼比我想象中的还要坏。

我又想到另一件事，人们给犹太小朋友们建了一所犹太学校，但是却没能给爸爸们一个"犹太工作"。

"爸爸不能去上班会难过吗？"我有点儿胆怯地问妈妈。

你们知道妈妈怎么回答我的吗？

"只要你工作，那么每个月底他们会付给你一笔钱，用来支付家庭开销。如果你不工作的话，他们什么都不会给你。"

我一下子就害怕了，脑海中浮现出书里讲的那些故事，故事里的小孩一分钱都没有，穷到连半个甜甜圈都买不起。

妈妈察觉到了我的情绪，一把抱住了我。"我们在银行里还有一些存款，"她对我说，"我们可以从那里取钱。"

我不知道什么是"存款"，但是有一天爸爸带我到银行去了，那儿有一个柜台，有几位慷慨的先生会按照你要求的数目给你钱。这下我就放心了。

但事情的全貌并非如此，妈妈当时没有全部告诉我是因为她想安慰我，我是后来才知道的。

这些"存款"过段时间会用完，那些慷慨的先生们就不会再给你任何东西了。

轰！轰！战争爆发了

当时已经爆发了一场战争，这个连小孩子们都知道。

一边是德国人在打仗（有一个名叫希特勒的大坏蛋领导他们，希特勒对待犹太人比墨索里尼还坏），另一边，为了战胜坏人，法国人、英国人和其他一些人也加入了战争。

意大利没有参战，意大利倾向于在原地观望，似乎所有意大利人都更乐意这样。

但如果你不参与其中，那么你永远没有赢得比赛的机会。

墨索里尼应该也认真思考过这一点，但你们知道他选择支持谁吗？恰恰是希特勒，那个比世界上任何一个人都讨厌犹太人的坏蛋。

妈妈和爸爸、叔叔阿姨、老爷爷老奶奶、堂姐堂弟，以及犹太学校的老师们，还有其他很多我们不认识的人都很伤心，他们伤心到连愤怒的力气都没有了。

说话间，战争已经打到我们家门口了，我给你们讲讲这是怎么回事。

那是一个夏日的傍晚，我们和保姆一起，在卡洛·腓力切广场的公园里玩。

你们还不认识我们的保姆，她叫玛丽亚，自从我出生时起她就一直在我家。所以对我们几个孩子来说，她就如同一个家庭成员，就像那些平时经常责怪你的阿姨一样。那些阿姨总是这样：虽然很爱你，但她们也很爱批评人。

那天晚上，只有我和妹妹们、保姆一起在花园，妈妈和爸爸并不在我们身边。因为他们要坐火车去乡下找一个能度假的房子——我们很喜欢的那个海边的房子太贵了，而且去海边租房子的钱银行又不给。

我们在花园里玩得很开心，也不吵架。但是玛丽亚阿姨突然对我们说："都站住别动，我们得听墨索里尼讲话。"

墨索里尼不在这儿，但是他的声音很大，到处都能听见，因为树丛里藏着好几个广播扩音器。

"意大利人，你们想要战斗吗？"墨索里尼在大喊。

从他那边只传出"要！要"，嗓门比墨索里尼的还要大。

他们还说了别的什么话，我都没有细听，因为觉得实在无聊，但最后那句"胜利！"我听到了。

玛丽亚拉起我们的手，对我们说："我们快回家。"

在继续故事之前，我要给你们解释一件非常重要的事。

在参与战争的各个国家之中，也有法国。

法国就在都灵这座城市的旁边，如果开飞机过来再近不过了。

在意大利的所有人都以为："今天下午六点我们宣战，明天战争就要开始了！"

然而事实并非如此，三个小时之后，法国的飞机就"轰隆隆"地飞过来,开始轰炸都灵。

彼时,我们正在睡觉,我和妹妹加布里埃莱待在自己的房间,薇拉在玛丽亚房间的小床上。

突然,一阵可怕的爆炸声响起!整个黑夜仿佛碎成了上千片,就像一个玩具被楼上的坏孩子从窗户里扔出来,重重摔碎在地上。

紧接着,城市里到处都在爆炸,灯光忽明忽灭,远处传来疯狂的空袭警报声。

"玛丽亚,玛丽亚!"我们惊恐地大喊。

玛丽亚胳膊里抱着我的小妹妹,立刻跑了过来。

我们试着慢慢打开百叶窗,只见街上一个身

穿睡衣的警察在狂奔，他只戴着一顶警察的帽子。

"你们快去避难所！"他大喊。

去避难所？这是什么意思？

我们看了看玛丽亚，她也不明白。

此刻，远处许多屋顶燃起了火光。

玛丽亚匆忙关上了百叶窗，又把我们三个安置到爸爸妈妈的大床上。

"没什么好害怕的。"过了一会儿，她对我们说，"他们只是在放烟花。这不是真的……这只是战争演习。"

从第一次听到剧烈的爆炸声，我们就开始啜泣。但玛丽亚一直故作轻松地对我们说："这是假

的！这是假的！"

当一切真正结束，外面的世界彻底重归平静，我的妹妹们都睡着了。

而我没有。

我清楚地听到电话在响，我知道电话那边是奶奶焦尔吉娅在说话。

"哦，夫人！哦，夫人！"保姆正和奶奶说话，我立刻发觉到保姆满是哭腔。

当然，她还在重复那句："这是假的！这是假的！"

可我一丁点儿都不相信这句话，但幸好，对我们来说，一切都还好。

第二天一早，妈妈和爸爸匆忙地赶回了家。

"怎么搞的！怎么搞的！你们就不能下楼……去避难所吗？"爸爸妈妈有点生气地对玛丽亚说。

"我都不知道什么是避难所！"保姆更加生气地回答。

什么是避难所呢？我们当天夜里就知道了。

这一次警报最先响起，真正的战争来临。我们和妈妈爸爸，还有玛丽亚一起，穿着睡衣，外披着一件外套，一路跑下台阶。

真是意外。

"避难所"原来是我家楼下的地窖，就是存放烧锅炉用的煤炭的地方，有时也会存放酒和空箱子。

为了这么一件简单到愚蠢的事情费了这么大劲儿，就不能早说避难所就是地窖吗？

在这里，和爸爸妈妈、老爷爷老奶奶躲在一起的还有楼里的其他小朋友，孩子多到我们差不多都可以一起做游戏了。

但在我们的头顶上，没过一会儿就听到可怕的"轰！轰"，所以，此刻最好还是乖乖坐好，保持安静。

米兰的雾

现在我已经在犹太学校读小学三年级了，而且现在（现在我说话有声音了）我在这里过得很好。

但是有一天妈妈和爸爸对我说，我们在银行里的钱快花光了，因此，爸爸必须要找一份工作。

其实，我知道爸爸一直在找哇找，但他依旧无事可做。

墨索里尼不仅把犹太人从办公室赶了出来，他还告诉所有人："谁都不许雇用犹太人工作。"

爸爸看着我，我又开始感到恐惧，他告诉我说他希望找到一份黑工——不是那种在办公室和很多人一起的工作，而是在一个很小很小的地方，你帮某个人干活儿，但万万不能让其他人看到你。

结果，还真让他找到了！这是爸爸期待已久的好消息，因为太开心，我们全家人都不禁围着饭桌手舞足蹈。

但是有一件事，他们没有告诉我。

那份工作不在都灵，而是另外一个城市：米兰。

怎么会这样?

在都灵,我们有奶奶焦尔吉娅和外婆特蕾莎(但是,她不是犹太人),我的堂姐安娜罗萨一家,还有把我看作小女儿一样的吉内塔老师。

而且,都灵还有:

1. 意大利最大的河流。

2. 一个可以尽情撒欢儿的公园。

3. 一个顶儿尖尖的钟楼,在各种明信片上都能看到。

我们对米兰可一点儿都不熟悉,而且那儿的人一个都不认识。

还有学校!这是我除了吉内塔老师之外想到的

第一件事。

"爸爸，我要去犹太小学。"我很认真地说。

"当然了！"妈妈非常高兴地说道，"你在这里读完三年级，就去米兰一所更大的犹太小学读四年级。"

我们一家人在秋日到来之前出发了，玛丽亚也和我们一起。她是我们的保姆，绝对不会为了留在都灵而去给别人家当保姆。

后来，我们在一座公园旁找到了一所房子，我们又去了一个新的犹太学校（我的妹妹加布里埃莱读二年级，薇拉还没上学）。

但在那里，发生了一件很奇怪的事，在米兰的学校里，所有人都说："她是从都灵来的，上四年级，她很优秀！"

我可真不知道从哪儿冒出来这个（假）消息。在都灵，我只是有一些学科的成绩比较好，一遇到算术问题我就头晕。

难道是因为在二年级时，我在复活节诵读过四个问题？但那可都是老师告诉我的！

我的外婆特蕾莎爱跟我玩一个小把戏，她总会先跟我说，"你真是个好孩子"，然后就以此来使唤我。

我之所以讲这件事只是为解释我在米兰的犹太小学经历了怎样的变化。

我被认为是"优秀"的，于是，我真的变得很"优秀"。

我把脑子里的奇思妙想都写到了作文里，不过，很多事情都是我想象出来的。在都灵，他们说我只可以写真实的事情……然而在这里，我编的故事越多，老师就越高兴！

我发觉自己就像一只羽翼渐丰的小鸟，已然能展翅飞翔。

米兰的大雾经常遮蔽万物。有时走在上学的路上，我和玛丽亚甚至都搞不清自己走到了哪里，只

能无可奈何地笑笑。我们就像被云朵包围着，但胳膊和大腿上会传来刺痒的感觉，就像被许多毛刺扎到了似的。

米兰还真是一座温情的城市，她像柔软的羽绒枕头把人们包裹，紧紧抱住。

这儿的小孩子们可以在窗明几净的咖啡馆里吃到奶油甜点，连盛奶油的杯子和小勺都是用一种硬硬的巧克力做的。奶油吃完后，还可以吃掉杯子和勺子，真是满满的幸福。

一天，妈妈（又一次）把我叫到一边。

我们的生活出了一个问题，也可能算不上问

题，只是情况有变。

爸爸在米兰的工作没了。

"不要怕。"妈妈苦涩地笑了笑，"工作还有，只是需要搬到罗马去。"

去罗马！

罗马可是一个很远很远的城市。之前忧心说我们在米兰谁也不认识其实是不对的，有些亲戚我们到了之后立刻就取得了联系。

但是罗马真的不可以！在那里我们真的、真的谁也不认识，去罗马简直像是去国外。

"我们等这学年结束就离开吗？"我叹息道。

哦，不是吧！妈妈看起来非常为难。

"我们这个月底就得起身。"她也叹了一口气。

"那学校呢?"我大声问道。

"你会在罗马的犹太小学读完四年级。"

"我不要! 你们这样做太过分了!"我突然抬高嗓门,夺门而出。

我跑回自己的房间时并没有用力摔门,可妈妈爸爸依然为此责备了我很长时间。

罗马的摩天大楼

　　爸爸先我们之前出发，他要先去罗马找一个房子，总不能六个人（其中三个是小孩）一起拿着行李在城里游荡。

　　后来，爸爸在罗马的火车站接上我们，带我们都坐上出租车。开呀，开呀，那辆出租车开过了好多条大街。

"到啦！"爸爸大声说，说完伸出一根手指指向车窗外。

那是一栋特别特别高，直耸云霄的大楼，孤零零的只有这一栋，旁边没有别的房子，楼下只有一片绿色的草坪。房子的窗户也是绿色的，和草坪一个颜色，你们知道那片街区叫什么名字吗？蒙特威尔第①！

让我提前告诉你们：后来，在那个房

① 意为绿色的小山。——译者注

子旁边盖起了很多新的大楼、新的广场和街道，但当时没有，当时那里什么都没有。

那个高高的大楼很孤单，大家都叫它"摩天大楼"。

进入大厅后，只见一个门卫端坐在一张狭长的桌子后面，他是阿马代奥先生。在他两边分别有一左一右两个楼梯可以上到十楼。

我们住在六楼。对了，你们猜我们发现了什么？

在七楼，也就是在我们头顶上，同样有一户犹太家庭，他们家有很多孩子，而在另一边楼梯的同楼层住着另一户人家（这个是我们后来发现的），家里的那位夫人就是犹太小学的校长。我们还从来没有经历过这样巧合的事，毕竟在此之前，我们认识的犹太人只有亲戚们。

不过，这次转学可一点儿都不轻松。

这一学年我们刚上完一半，但好像在罗马学校学习的内容完全不一样……有的地方学得快……有的地方学得慢……

"我们不是这样学的除法。"同学们对我说，

"减法不用笔算，我们都是口算。"

"那么历史呢？"

"难道你们在米兰天天睡觉吗，怎么你们学得这么慢？"

他们甚至还取笑我有皮埃蒙特口音，也许是因为我作为北方的好学生，动不动总把动词和形容词说得很清楚吧。

同学们觉得我装腔作势，在背后学我走路，高昂着头（用他们的话说）俨然贵妇。

罗马的犹太学校非常大，比都灵和米兰的加起来还要大。

有些学生住在犹太居民区的老巷子里，他们习惯了疯玩疯跑，谁的话也不听，学校里总是一片喧闹。有时，他们还打架，老师和勤杂工们要一起上手才能把他们拉开。

一开始我很害怕，但慢慢地，我也习惯了，反正也从没发生什么严重的事情，甚至在这儿的走廊里永远只有欢笑声。

这还真是一所多姿多彩的学校！

早上，我们不直接进入教室，而是要先去大厅找自己的班主任集合，每位老师都像是一只老母鸡，身后跟了一窝小鸡。

然后我们开始排队：站成两队，音乐老师开始用钢琴弹奏一首进行曲。

"我们奔向广阔的大海……"我们一边唱着，一边排队踏步走进教室。

通常，队伍是这么组成的：一个男生并排挨着一个女生，分别穿白色校服、蓝色校服，从小个子排到高个子。

那还是我第一次拉着旁边男同学的手。作为一个来自北方的有教养的小女孩，我完全不明真相，以及那些大大小小没完没了的恶作剧和玩笑。

我旁边的小男孩满脸通红，因为抗拒而气鼓鼓的……原来，他也是个有教养的孩子。

这时，一阵哄笑声从我们身后传来，起初，我并没有注意到。一群孩子大笑着，做鬼脸，推推搡搡，趴在地上假装自己被绊倒，眼珠来回乱转，假装互相拥抱。

我还是什么都没有意识到。

几个月后我就明白了，在做游戏时，同学们甚至把我们两个单独锁在教室里，嚷嚷着我们在谈恋爱。

被锁在教室里的那一回，我哭了。

但过后我就想，那是第一次，也将会是最后一次，我不会再让学校里的人欺负了。

其实，我和妹妹们也有新朋友，她们不仅和我们住同一个小区，也同在犹太小学读书。其中一个小女孩甚至和我在同一个班，她叫菲奥雷拉。

我们的父母们关系也好，我爸爸和她爸爸常常约好一起送我们到河畔的学校上学。

在大人们聊天的时候，我们小孩子也开始彼此分享秘密。后来，我俩亲密到难解难分，就像用面粉和水搅拌而成的面团，马上能烤出香喷喷的友谊面包。

就这样，菲奥雷拉成了我最好的朋友。

在罗马的这座犹太学校里，经常会有人谈起墨索里尼，他们的言论简直让我目瞪口呆。

很久之前，爸爸就对我说过是墨索里尼导致了

所有犹太人的悲惨遭遇，但爸爸始终要求我守口如

瓶，因为这些话一旦说出去就很危险。

但现在，在这所学校里，大家常常嘲笑墨索里

尼，甚至老师也带头这么干。

孩子们还在黑板上写下了这样的除法等式：

同学们还会一本正经地解释说："除掉首领，

---

① REDUCE：幸存者；RE：国王；DUCE：首领。——译者注

国王除以国王就等于一了。"

没错，我的同学们可以乘着数学课的机会淡定地说出"除掉首领"这句话。

此时，老师会假装很生气，但实际上她也开心得很。

跟所有学校一样，在班里大家必须起立收听战斗简报的广播，里面说得最多的一句话就是："我方军队已在有利位置待命。"

可我们完全不懂这句话是什么意思，或许"待命"意思是为了打仗，战士们要等待送命？

但没想到，老师以非常平静的口吻告诉我们，"待命"的意思是军队已经占领了一个地方，但是那整句话背后的真实情况是法西斯士兵们要撤退了。

听老师这么说，我们这些小朋友开始鼓掌，甚至兴奋地跳到桌子上。

如果坏人输了，那么意味着好人就要赢了，不是吗？

保姆玛丽亚

那些针对犹太人的政策（驱赶犹太学生，驱赶犹太爸爸们，等等）我们都已经见识过了。

事实上，还有些政策我没说，但谁愿意总是去想这些不开心的事情呢？

妈妈和爸爸也总是装作没事。

但是，有一条政策最让我们厌恶：犹太人不能去海边或其他度假的地方享受假期。

没有人解释为什么。

但对我们来说，这条政策没用，他们也束手无策。

首先，我们的外婆特蕾莎不是犹太人，她可以轻而易举地在我们常去的那个有彩色房子的海边小镇租到一个房子；如果她邀请孙女们去玩，没有人可以反对。

在我四年级结束后的那个暑假，妈妈和爸爸决定让我和妹妹加布里埃莱出发去海边找外婆特蕾莎和切萨莉娜——切萨莉娜夫人应该是专门负责做家务的保姆（但实际上她是一位优秀的厨师，每天她都会烹制一道新菜品）。

我们的小妹妹薇拉太小了，只得留在罗马和爸爸妈妈一起——一来，方便爸爸妈妈继续独宠她一人；二来，也不用担心我们会嫉妒。

一想到和外婆特蕾莎一起待三个月，还没有爸妈管束我就激动不已！但加布里埃莱好像不是很想离开父母，没准她晚上还会哭鼻子呢！

但实际情况美妙到超乎想象！

切萨莉娜先是让我们品尝了帕玛森奶酪焗茄子——在我们家根本没人会做这道菜！而且每天晚上，注意哦，是每天，她都会给我们做不同口味的布丁吃。

外婆特蕾莎也和妈妈不一样，她很喜欢看我们吃东西，还总有一些奇思妙想。

我们刚到的时候，她就让我们在药店门口的体重秤上称了称体重；在我们离开前，她还会让我们再称一下。她说，她的伟大目标就是让我们长肉肉，甚至还让我们在理发师那儿把头发剪短了，这样一来我们的小脸蛋儿看起来会更圆。

一次，外婆和切萨莉娜提着一个大篮子，带我们到海边的堤坝上享受了一顿惊喜的晚餐。

那时，一轮红色的落日正在海上缓缓落下，而在我们面前，一个长长的银质餐盘里，装着美味的俄式沙拉。

我和妹妹的嘴张得圆圆的，像鸡蛋似的，异口同声地发出惊叹："哇噢！"

我必须得承认，这是我人生中最惊喜、最难忘的一次晚餐。

外婆有时会对我们说谎，但是她经常会忘记自己说过的假话，说过的话常常前后矛盾。有时，我们给她指出来，她也只是笑笑，不解释。

有一天，她告诉我们：有一种谎言是真正的谎言，就是当你犯错误后为了逃避责任说的谎言，这是不好的。还有一种谎言是美好的，说出来只是为了开心，这种谎言叫作"虚构"，诗人和童话作家都擅长虚构。

特蕾莎外婆还很喜欢耍小花招。

一天晚上，她决定带我去露天电影院，而且只带我一个人，毕竟我妹妹还是有点小。外婆让我穿好衣服（不穿鞋子）躺在床上，等加布里埃莱睡着了，她悄悄把我从被子下面揪出来（穿上鞋子），然后开心地带我去了电影院。看夜场电影的感觉美妙绝伦，简直能让我做上几场神奇的梦呢。

但是第二天，不知道为什么，我的小妹妹还是发现了这件事，然后就开始哭闹。

外婆为了安慰她，答应下一次也带她晚上出去看电影；不过，这一次我们是四个人一起，同行的还有切萨莉娜。

我太了解妈妈了，她一点儿都不喜欢外婆这种怪点子，所以我给她写信时并没有提"偷偷"看电影这件事。

我刚刚说到给妈妈写信，但并不是真的写信。

在我们从罗马出发之前，妈妈嘱咐我说："我们要分开三个月，你们身上发生的很多事情我都没法知道。"因此她让我写日记，每天都写一小段。这样，等我们回家的时候她一读，就可以知道我们在外婆家里度假发生的所有事情。

我很认真，每天都仔细记录发生的一切。

但外婆那些搞笑的乱七八糟的花招我并没有一一记录，一些秘密的想法更没有写。

太要命了！接下来发生的事情我们没法再假装无动于衷了。

这就像你在开心地吹气球，吹呀吹呀，突然"嘭"的一声，气球就在你手里爆炸了，你吓蒙了，难过不已，因为它完全在你意料之外。

就像我们已经适应了那些针对犹太人的政策，我们习惯了配合特蕾莎外婆一起恶作剧，我们以为再不会发生什么坏事了。

然而，事实并非如此。

这一次，轮到玛丽亚了。

政策说"一个基督教徒"，或者，一个非犹太人，不能为犹太人工作。

我们当然知道这个政策。

我们是唯一有基督教徒做保姆的犹太家庭，但这是有原因的。爸爸曾经用一个非常难懂的词给我解释过——

"特殊优待"。

"特殊优待"，意思是大家对你比对其他人好一些，因为你有一些功劳，比如说你在学校里得了"优"。

而我们家庭的功劳是：我爷爷是一名军官，在曾经的一场战争中，他为意大利而战，牺牲了。

可怜的爸爸，小小的年纪就成了"战争孤儿"，这是一件令人难过的事，但也值得令人尊敬。

那个"特殊优待"（他们给我们的一些证件上就印着这个词）管用了一段时间，而现在有人说我们的待遇到头了。

一天，一个警察来到我们家。他说："这不符合规定。"说完，他拿走了我们的收音机，因为有一条政策规定，犹太人家里不能有收音机。

要是在以前，只要我们坚持一下，他就会把收音机还给我们，但现在行不通了。

如今，同样的事情也发生在玛丽亚身上。

现在警察黑着脸对我们说，我们的保姆必须要离开，她不能待在一个犹太家庭里。

玛丽亚有时脾气不好，还总是爱唠叨，但她是我们家里的一分子。没有她，我们会不安，就像餐桌少了一条腿。

我们一直以为薇拉太小了什么都不懂，实际上，她是第一个预感到离别的。

她抓住玛丽亚的裙子号啕大哭，我们立刻也跟着哭，而玛丽亚则抱着我们哭喊着："我的孩子们啊。"

不过，妈妈想出了一个主意——可以请我们楼的一个邻居帮忙，问她是不是愿意假装雇用玛丽亚到她家干活儿。这样一来，玛丽亚可以住在他们家，甚至晚上可以帮他们洗洗碗之类的。其余时间，她就待在我家，和从前一样。当然，工资还是由我们付给玛丽亚。

邻居非常开心地答应了，而玛丽亚仍旧可以一直和我们在一起生活。

太好啦！我们很开心。

但是事情的发展永远不会像我们想象的那般顺利。

慢慢地，玛丽亚习惯了待在另一个家庭。如果我们去找她，她甚至会把我们推出门来，谎说："家里有客人，我还有事要做。"

永远有上百件事情把她留在那里：衣柜要整理，小孩子发烧了，太太需要她梳头发。

玛丽亚好像已经彻底融入了那个新家庭。现在她穿过楼道来我们这儿只是给我们面子，就算来了也什么都不干，只是不停地唠叨那户人家的大事小情，净是些我们不感兴趣的话题。

　　一天晚上，我们去按他们家的门铃，按了一遍又一遍——我们只是想问"我们的"保姆一件事情。

　　她打开一条门缝，身上穿着华丽的黑色上衣，还系着带蕾丝边的白色围裙。

　　"我们家里今天来了位重要的客人，好像是一位长官。"她小声对我们说，"你们先走吧，我有很多事要忙。"说完，一把把我们推开，关上了房门。

　　玛丽亚，你这是做什么？难道是赶我们走吗？

我们换了学校，爸爸丢了工作（虽然，他后来又找了一个工作），我们也背井离乡，但是你……

你是玛丽亚，那个爱唠叨的玛丽亚，你是我们家的一分子，你不能就这样从我们的生活中消失呀。

我心里净想着这些不开心的事……但是算了，生活还是要继续。

照例，玛丽亚还是每天都来我们家干活儿，但她总是一脸不高兴。而我们，也有了很多事情要做。

在罗马又生活了一年，我就要参加五年级的考试，还要准备中学的录取考试。

为此，我还要去拍一张证件照，就像大人们的照片一样，不然他们不让我参加考试。

墨索里尼下台了
（但这一切都是骗局）

如今是七月，天气愈发炎热。

今年，我们没有去外婆特蕾莎家度假。爸爸说战争已经离我们很近了，还说美国人已经坐船到了西西里岛。西西里，没错，我们在学校里学到过，它是意大利最大的岛。

总之，美国人已经来到了意大利，慢慢地他们就会到达我们这儿。所有不友善的政策即将不复存在，尤其是那些针对犹太人的政策。

对了，我忘记告诉你们了，在这场战争中，美利坚合众国加入了好人的一方。但是大家为了方便，一直都叫它美国。

美国很大，有很多大工厂，可以一天造出八艘巨大的船（我不禁感叹：八艘！）。而他们就是搭乘那些大船来到了西西里。

至此，所有人都觉得最终将是好人获胜。

七月的某一天晚上，我们三个小女孩早早便上床睡觉了。

突然，我们听到房子内爆发出一阵喧闹声。与此同时，窗外的街道上也一片嘈嘈杂杂。

"妈妈！"我有点气恼地大喊，"你们把我们吵醒了！"

这样一个每晚九点都命令我们"关灯睡觉，不许说话"的妈妈，此时应该作何回应呢？我原以为她会立刻说："对不起，孩子们，我们没注意吵到你们了。"

但是，妈妈，还有她后面跟着的爸爸、楼里我刚认识的人们，径直走进我们的房间，纷纷端着酒杯手舞足蹈，嘴里还唱着："法西斯失败了，墨索里尼也下台了！"

说完，妈妈还举着酒杯对天花板很滑稽地敬了一杯酒。

爸爸此时倒显得更冷静些，他对我们说，意大利人已经受够了那位首领和战争，因为墨索里尼带着整个国家节节败退，于是，比他更有权力的国王就把他赶走了。

"法西斯的政策不再有效，还有那些针对犹太人的政策也作废了。"他开心地补充道。

那么，我们也应该高兴，不是吗？

我不是很确定，仔细观察一番后，我感觉人们好像一半开心，一半又担心。

最后，我明白为什么了。

墨索里尼不在了，但是战争还在继续。

可是，我们在帮谁打仗呢？帮助坏人们，就是刚被我们赶走的首领的盟友们打仗。

最伟大的冒险小说的作者也想象不出这种荒诞的情节。

那么，让我尽量简单点解释，以下这些信息可以帮助你们理解发生在我和我家人身上的事：

1. 意大利退出了战争，但没有提前通知它的盟军（德国人）。

2. 德国人对此非常生气，他们的士兵占据了整个意大利。现在在街上只能听到德国士兵沉重的

孩子们，我最亲爱的读者们（希望你们是！），我正在和你们讲述的是我小时候的故事，我不想把这个故事说得很复杂。

　　但我又能怎么办呢？如果历史（是历史而不是故事）太复杂的话，也不是我的错。

首先我要告诉你们一件重要的事。在我给你们讲述的故事里，德国人也属于坏人的那一方。

　　但千万不要认为所有德国人都是坏人。就像全世界的人一样，在德国人里也有好人，有特别好的人，也有一般的人和坏人。但是，在我们的故事里，德国士兵们是听任坏人希特勒指挥的，他们做了一些糟糕的事，只是因为他们在执行命令，无法反抗。

　　幸好现在，那一时期发生的事只是一份糟糕的回忆。

军靴发出的"嘭嘭"声。

而对我们犹太人来说，情况变坏了，格外坏。

在德国人占领的其他国家，犹太人都被逮捕，而后不知道被带到哪里去了。

但在罗马的犹太人还有一线希望。作为全世界基督教徒的领袖的教皇本人也住在罗马，如果士兵们穿着大靴子在教皇眼皮子底下干坏事肯定是恶劣的。

于是，这里的人们开始期待好消息。

德国人先是召集了罗马的犹太人领导，对他们说："我们不会伤害生活在这个城市里的犹太人。

但作为交换，你们要上交五十千克的黄金。"

五十千克的黄金可真不少！

每个人都要从家里拿一点儿黄金，上交到寺院旁边的大厅里。

我们几个孩子翻遍了抽屉，找出几条带有六芒星吊坠的金项链，那是我们出生时奶奶和外婆送给我们的。妈妈还找到了一个金手镯，又从一个天鹅绒包包上将一个镀金的锁扣扯了下来（虽然爸爸强烈怀疑那不是金的）。

唉，我们家拿出的金子实在少得可怜。

但也不知道怎么回事，五十千克的黄金居然凑

够了。

太棒啦！我们有救了！

但你们可别也这么天真，事情的走向并非

如此……

计划

一天，妈妈又想和我聊一聊。

她的脸色看上去和很久之前在沙滩上那天一样，所以我想她要和我说的事应该没什么大不了的。

但这一次，我心里有点忐忑。

我已经11岁了，刚刚读完初一，对于我身边发生的事情更加清楚。

"在罗马有教皇。"妈妈对我说。

哎呀，这个我早知道。为什么还要再和我说一遍呢？

"所以这里的犹太人并没有危险，更何况，我们还上交了黄金。"

真是的，这件事我也听过一百万遍了。

"所以呢？"我看着妈妈的眼睛问。

妈妈对我说，现在确实风平浪静，但爸爸妈妈总是想更谨慎一些，因此他们想出了一个计划。

总之，妈妈和犹太学校的女校长一起去拜访了一群修女，她们生活在修道院里，地处城市的边缘，就快到乡下了。

然后呢？

然后，这些修女允许我们以及女校长的女儿们住在修道院的寄宿学校里，妈妈急匆匆地解释说。

"寄宿学校？"我当然知道寄宿学校是什么样子，就和普通学校一样，只不过学生们吃饭和睡觉都在那里。简单点说，就是住在那儿。

"为什么我们要去住寄宿学校呢？"我嘀咕着，声音微微颤抖。

爸爸应该早早就站在了门后，因为此时他突然就出现在了我们的房间里。

"你是姐姐，应该懂事了。"他严肃地对我说。

他还告诉我说我们现在最好还是躲起来，因为和德国人相处绝不可以掉以轻心，需要有一些保障安全的措施。

我们和修女达成共识，绝不对外人说我们是犹太人；我们会用假名字（德国人把所有犹太人的姓氏都记下来了），而且我们还要像寄宿学校里的其他小女孩一样做祷告。

"可是我不会什么祷告！"我大喊道，这是我面临如此混乱局面时脑海中的第一个念头。

"你可以学。"妈妈的态度坚决。

有一说一，还是爸爸在说服我的时候更机智。

"你读过不少英雄小特工的故事书吧，这群小家伙总能从危险中逃脱。"他提醒我说，"所以，这回你也要做这样的小英雄。"

好吧，这样说我可就愿意了。但是我马上又想到另一个问题："那你们呢？你们去哪里？"

妈妈和爸爸默契地回答我——真到了生死攸关之际，两个大人没有拖着小孩子的话能逃得更快。

九月里，外面的世界却一直在下雨，就连太阳也好像放了一个悠长的假期。

我们坐上开往乡下的公交车，同行的有妈妈、犹太学校的校长和她的女儿们，还有玛丽亚——这时候她又回来帮我们了。我们到了修道院后，修女们带我们参观了房间，里面整齐地摆放着孩子们的床。在最里面，有一个雪白帘子围起来的床，那是修女的床位。我们刚把行李箱放到地上，修女们就带我们去参观了学校的教室、餐厅，这里还有很多琴房，想上音乐课的人可以去那儿。

于是，我立刻就报名了音乐课，妈妈对此也没有反对。

参观到此结束。

"和你们的妈妈告别吧。"一位修女温柔地说,

她是玛丽亚·路易莎婆婆。

为什么要说"和你们的妈妈告别"？

我吓了一跳。

"你去哪儿？"我突然大喊道。

是的，我就知道事情会变成这样，他们之前和我说过，我们这几个小女孩要独自藏在修道院里。

但是你们能理解我的，对吗？我大脑里的理性没有说服我内心中强烈的不安。

我的内心不能接受那句"和你们的妈妈告别"。

十月的一天

住在寄宿学校并不好受，但好像也没那么糟糕。

不好是因为：

1. 你没有了属于自己的家。在家里，即便你在走廊大喊，也不会有人对你说："安静！"但是寄宿学校会明令禁止这种行为。

2. 在自己家里，下午写完作业后你可以起身就走！你是自由的。但是在寄宿学校有专门写作业的时间，而且即便你写完了所有作业，你也要坐在课桌前，一直等到响铃为止。那么这段时间你做什么呢？我只能盯着空气发呆。

3. 写完作业以后，我们还要去大走廊里念各类经文祷告，一个人念，另一个人应和。等这个环节结束方才可以自由玩耍。

4. 习惯使用假名字有一点儿难。起初，你得小心翼翼的，因为如果你还没习惯假名字，当他们喊你的时候，你甚至连头都忘了回。幸好我们的假名字和真名很像。我的真名是莱维（Levi），假名是伦蒂（Lenti）。这个小手段还高明，不是吗？

5. 还有最重要的一件事：妈妈和爸爸。我只有在周日他们来看我们的时候才能与他们相见。

好是因为：

1. 这里有很多小孩。在家时，如果赶上下雨天，你根本找不到朋友来一起玩耍。而在寄宿学校里，你只需要选择和谁玩就可以了（但是你要选对了伙伴，因为有些人真挺讨厌的）。

2. 这里还有一个真正的舞台，红色的天鹅绒幕布可以拉开和关闭。在舞台后的房间里摆放着大大小小的箱子，里面装满了华丽的衣服，甚至还有带斗篷的贵妇服装。我和妹妹们以前常常表演节目，但我们的舞台就只是表演课堂或爸妈房间的阳台，身上的服装还是彩纸做的。

3. 我可以在这儿上钢琴课，再过段时间我就会弹整首的《小红帽》了。

或许，关于寄宿学校好和不好的地方，我的话里带有一些玩笑的成分。但大家都知道所有小孩子最喜欢的地方永远都是自己的家。

在寄宿学校上课和在以前的学校上课一模一样，

点名，提问，作业……没有太多好玩的事。

我上初二，我的妹妹加布里埃莱也已经上小学五年级了。

其实，薇拉本来也是要上一年级的，但架不住她总是哭喊："不去！不去！"不胜其烦的修女们无奈还是把她留在了幼儿园。她们也找妈妈商量过这件事，妈妈好像也同意了。

早晨，教室里。

我的同桌卡洛塔百无聊赖地看着雨滴打在窗户的玻璃上，突然，她蓦地起身，吓了我一跳。

"哎，"她小声对我说，"你的妈妈在院子里呢。"

我妈妈？现在吗？为什么她们不叫我呢？

"我能下去一下吗？"我急切地和修女老师请假，"我妈妈在楼下。"

"你再等一会儿，等下课了再去。"她严肃地回道。

"为什么要等一会儿呢？我妈妈现在就在楼下。"

"她过一会儿还在楼下。"玛丽亚·斯佩兰扎修女说，她没有看我，也在注视着落下的雨滴。

下课铃刚一响起，我来不及收拾课桌上的书便径直冲下楼梯。

"妈妈！"我一边冲进校长办公室的大门，一边大喊，"你为什么不叫我呢？"

"不着急。"妈妈小声对我说,"我这次要在这里待上一段时间。"

说完,妈妈看向贾钦塔婆婆,她是这里最年长、最有智慧的嬷嬷。

贾钦塔婆婆摊开双臂,意思大概是说"可以"吧。

我差点没发现妈妈旁边还站着犹太学校的女校长。

这两位妈妈交换了一下眼神,随后,我妈妈的情绪便爆发了。

"德国人!德国人!"她几乎边哭边喊,"今天早上他们开始抓犹太人了!好在我们及时得到了消息,成功逃脱,但其他人……那些犹太区的居民几乎都被他们抓走了……"

妈妈哭了。

我呆立在原地，感觉自己的胳膊和腿好像变成了石头。

我真无法理解，感觉自己的身体里简直是冰火两重天。

所以呢？大人们不是和我说在罗马，只要我们上交了金项链，就不会发生任何事情吗？

"他们骗了我们。"妈妈喃喃地说道，"我们轻信了德国人的承诺，但我们又怎么能预料到会是这种结果呢？"

我突然想到一件事情。

"那爸爸呢？"我大喊一声，"爸爸在哪里？"

"我不知道。"妈妈答道，"我们俩分开逃了。我之所以来到这儿，是因为在园子的另一头，修女们还有一间宿舍。"她还告诉我，她是向修道院申请先住在那里，现在正在等待答复。"你爸爸跟我说好了他会另外找一个安身之处。"妈妈一边解释，一边努力挤出一丝微笑。

但我的表情看起来恐怕受了很大的惊吓。

"你别担心。"她轻声对我说，"你爸爸一定会藏得好好的。他像你一样，也喜欢读那些机智小英雄的故事，一定能躲开那些跟踪他的人。"

亲爱的小朋友们，现在还不是讲我们家故事的时候，因为我要先讲述给你们的，是之后紧接着发生的事情。但是我不想让你们担心。

所以，我提前告诉你们：妈妈说的话确实是对的。

爸爸在罗马的旅馆住了一段时间，他用的是假名字，假装什么事都没有。只要他发现身边有人对他好奇，问他很多问题，他就立马收拾行李，再换个地方住。后来我们团聚了，他还拿出一个小本子让我们看，里面画满一张张滑稽的肖像画，都是他之前遇到的人。

对了，我不是和你们说过，我的爸爸丢了工作之后，做过一段时间画家吗？

是的，他后来一直都是个画家。

一起度过冬天

寄宿学校里，好像发生了大事。

不光是我妈妈来敲过修道院的门，突然还来了好多小女孩。她们蓬头垢面，如惊弓之鸟，连行李都没有带，陪伴她们的只有更加恐慌的家长们。她们原本还在自己家里待得好好的，谁知德国人突然就开始搜寻和抓捕犹太人。

　　好在，她们和父母一起及时逃了出来，就像我

的爸爸妈妈一样。

　　现在她们逃到了这儿，修女接纳了所有小女

孩，把她们和我们一

起安排到一个更大的房间里。

之前，算上我这里一共只有五个犹太人，而现

在我们有三十多个了。

其实，新来的小女孩我差不多都认识——就在

几个月前，我们还都在同一个犹太学校的大厅里，

伴着音乐老师用钢琴弹奏的进行曲，一起乖乖排队回教室。而现在，她们战战兢兢，一动都不敢动，总是苦笑，还有一些小妹妹十分爱哭鼻子，就像我妹妹一样。她们惊讶地看着早早就来到这里的我们五个。

我必须向你们坦白一件事，有时候，我们每个人都有一点点小坏。

我熟悉有关寄宿学校生活的一切，也知道怎么做才能不被修女们责备。

她们这些新来的小女孩肯定需要我，因为我是犹太人小组里年纪最大的，所以她们都忍不住接二连三地问我问题。

而此刻的我就装模作样地学着大人们的口吻，用令人讨厌的语气回答她们的问题。

很多很多年以后，我仍然为此感到后悔。

但每当夜晚降临，我们一起回到大房间里，在得到了修女的允许后就会靠在一起做属于犹太人的祷告："听啊，以色列，神是我们的神。听啊，以色列，主是独一的主。"

在寄宿学校，最好表现得好一点儿。

周末，修女们会让我们在大厅里集合，在院长嬷嬷面前，有时也会在省长嬷嬷（比会长嬷嬷级别高）面前，给我们颁发"表现优秀奖"。

简单来说，如果你表现良好，她们会在你肩上挂一条粉色绶带；如果你在学校成绩优异，那就给你挂一条蓝色绶带。

在这里，同时获得这两条绶带就是最高荣誉了，但从来没有人能同时得到过（反正，也没有地方同时挂两条绶带）。妈妈觉得，那条蓝色绶带更有意义，因为它代表着你学习很努力。

教室里，除了寄宿学生之外，还有一些"走读生"，那些学生只来这里上学，放学后便回自己家。

现在是战争时期（我们都知道），公交车因汽油匮乏几乎都要停运了。

埃梅伦·齐亚纳婆婆，每次放学后都要把走读的小女孩们集合到一起，然后走路送每个人回家。

每次放学时我都会紧紧抱住她的胳膊。

"你来凑什么热闹？"她笑道，"忘了自己住在这里吗？"

"我想陪您一起，这样您回来的时候就不是孤身一人了。"我小声回答。

她盯着我看了看。

"你想走出这扇大门，对吗？"她在我耳边低语，"你又不是囚犯，这儿的园子很大，你可以跑到田野里玩一玩。"

我摇了摇头，在园子里能做什么呢，我只是想看看街边的店铺和其他别的东西。

"不可以，这样很危险。"

但埃梅伦·齐亚纳婆婆还是询问了我妈妈的意见，最后她们妥协了。

毕竟这儿都快到乡下和菜地了，能有谁会认出我呢？

虽然是下午，但我还是穿上了学校的黑色校服，看起来更像是小说里的孤儿，一步步紧跟着修女。

我看到了，空空如也的店铺、破损的人行道、低着头行走的路人。

然而对我来说，城市始终是一片乐土。

当妈妈也来修道院生活后，修女们给我和妹妹们单独开了个小会。

"你们在寄宿学校里，"她们说，"要像其他小朋友一样，不要惹麻烦。"

总之，我们只能在下午六点时去看望妈妈，而且时间不能超过一小时。

而妈妈在我们来之前，总是会到附近的农户家里去买一个鸡蛋。

只能买一个鸡蛋，因为超过一个他们不卖，或者和你要很多钱。

回到房间之后，妈妈就用一个勺子把糖加入

唯一的鸡蛋里不断搅拌，直到变成一种类似奶油的东西；她用那把勺子一人一勺地喂入我们嘴里，而此刻的我们好像是一群刚出生张着小嘴等待喂食的雏鸟。

一个鸡蛋分给三个人吃，这是战争跟我们开的玩笑之一。

饥饿是在寄宿学校生活的主要内容。

饥饿是一件很可怕的事，你能感觉到自己的胃在蠕动，但你不能去想："现在我要吃块点心，或者吃一片面包。"这里连一块面包都没有，更别说点心了！你基本上什么吃的都找不到。

有时，修女们只会在我们的餐盘里放一些德国人的冻土豆。要不是因为饿，谁会吃那些再难吃不过的破土豆呢？

地窖里，修女们也储备了一些粮食，但每次只能吃一点点，不然战争还没打完粮食就先吃完了。

教室里，我们小声地（在走廊里我们大声）合唱了一首我们改了歌词的歌。歌词原本唱的是："噢，美丽的乡村姑娘……"而我们唱的是"噢，美味的番茄意面……"就连著名的伟大诗人卢多维科·阿廖斯托到我们嘴里都变成了"啊烧鸡多"。

时间倏忽而过，我就直接分享夏天里（很可

惜，我们仍然住在寄宿学校里）的一次美好的经
历给你们听吧。

我们的修女们又叫朱赛平娜修女，因为她们得
名于圣人朱塞佩。所以圣朱塞佩的圣人日对她们来
说是一个最重大的节日。

"开饭啦，孩子们！快上餐桌！"那天，她们
非常欢快地大喊道。

岂止是欢快！女孩们简直高兴得快要晕过去
了，开心到放声大吼！

我们面前摆放着一大盘接一大盘的手工意面，
还有从菜园里摘来的番茄做成的酱汁。

我们简直不敢相信这一切，甚至忍不住想用手

指头去戳一戳那盆意大利面，看看它是不是真的。

意面不仅是真的，而且我们还可以想吃多少吃多少（但是，没一会儿就吃光了）。

为了做这些意面，修女们忙活了一整夜。那储备的粮食呢？对于这样的节日来说，当然可以吃掉一些储备粮。

你们还记得我之前和你们讲过，外婆为我们准备的落日惊喜晚餐吗？我说那是我人生中最惊喜难忘的晚餐。

那次是晚餐哦！我强调一下，免得我看起来像在胡说，而这一次在修道院里吃到的番茄意大利面，是我人生中最惊喜难忘的一顿午餐。

皮娜和小辣椒

　　我在寄宿学校里有一个非常要好的朋友，我的知心好友。

　　她叫皮娜，西西里人，最重要的是她非常有才华。

　　她也被"囚禁"在寄宿学校里，因为美国人从她的家乡西西里岛登陆了。

此刻，美国人正在为了解放意大利剩余的地区（包括我们这里）而战斗，但他们进展缓慢，以至于意大利逐渐变成了两块——南部是那些想要来解放我们的好人；北部是德国来的坏人，他们不想让南边的人过来。

可怜的皮娜，她之前就在我们学校上学，现在也回不去西西里的家了。

尽管如此，她和修女们相处得非常融洽。在学校里没有一件事是需要你告诉她的，因为她什么都懂。所有人都佩服皮娜的优秀，但她一点儿都不骄傲。

她还帮我和妹妹们做了一件很暖心的事。

很久之前某一年的一月，妈妈和爸爸结婚了，后来在结婚纪念日那天（就是 8 号），我们总是让玛丽亚阿姨买一束鲜花，作为祝福送给他们。

但现在怎么办呢？我们的爸爸妈妈甚至都不在同一个地方！

但我们依旧准备了一束鲜花，那是我们从花园里采摘的一些名叫"水仙"的白色小花。

皮娜看到后说："好漂亮，遗憾的是你爸爸却看不到。我们怎么才能让他知道我们的祝福呢？"

于是，聪明的皮娜几分钟内就写好了一首小诗。

这样一来，妈妈就可以在见到爸爸的时候，把这首小诗带给他看。

这首诗的开头是这样的：

洁白的水仙，

馥郁又芬芳，

女儿们的爱，

芳馨中流淌。

你们看，这首诗我记得多清楚，是不是写得很好？

妈妈告诉我们，爸爸读到这首诗的时候，感动极了。

但那段日子里依然有件事让我感觉有点不舒服。

那就是和好朋友相处的时候，应该坦诚相待，不是吗？

我和皮娜会讨论很多事：修女们，那些好的修女和一般般的修女，我们班上的同学们，有些比我们笨多了……对了，还有妈妈们，让你烦恼的妹妹们（她有一个弟弟留在西西里，有爸爸妈妈陪伴，这让她很嫉妒）。

但我和她说了一个天大的谎言。

我是犹太人，但是我没有和她说过我是犹太人（甚至我不姓伦蒂，我连这都没有说）。

而且爸爸让我发过誓：在寄宿学校里，我不能告诉任何人我是一个犹太小孩。我必须要履行这个承诺，爸爸说这样做是为了我们的安全。

既然什么都说，那怎么能隐瞒一件这么重要的事呢？

每天晚上，我躺在床上时都会想："明天我要告诉她这件事。我知道我可以相信她。"但是，当天夜里我就会梦到爸爸，他对我摇手，意思是：

"不要说！不要说！"于是，到了第二天一早我还是什么都没说。

直到今天，我心里总觉得对这份宝贵的友情充满歉意。

有一天，发生了一件糟糕的事。

皮娜在玩耍的时候不小心从墙上摔了下来，腿受了伤。修女们觉得最好是带她去医院，她们想确保皮娜的腿没有摔坏。

去医院前，躺在救护车担架上的皮娜指着我说："我想要她陪我！"

修女们有点担心地互相看了看，无奈做出决

现在我可以告诉你们另一件"之后"发生的事。长大以后，我在西西里又遇到了皮娜，我才发现她早就知道我是犹太人。但她从没有和我说过，因为她不想让我感到不安。

定："好的，我们满足她吧。可怜的孩子，父母都不在身边！"

在医院里，他们把我们带到一个黑漆漆的房间里，没过一会儿从天花板落下一台大机器，我想，这应该就是给骨头拍照的机器。

皮娜因为害怕，紧紧地抓着我的胳膊。

我也紧紧地抓着她的手。

她以为我这样做是为了安慰她，但其实我抓紧她是因为我比她还害怕。

而小辣椒呢……其实，我不能说她是我的朋友。

她只有三岁！

我之前和你们交代过，寄宿学校里来了很多避难的小女孩（尤其是下雨那天，我妈妈跑来找我们的时候）。

但德国人根本就没有停下的意思，他们继续到处搜捕犹太人，有些犹太家庭到处逃跑，因为他们也不知道能逃去哪儿。

也有父母把自己的女儿送到我们这里并向修女们请求道："行行好，把她们藏在你们这里吧。"修女们总是答允下来，再在我们的房间里加一张床。

现在，房间里一张床紧挨着一张床，我们甚至可以在床上走路，就像在地板上一样。

但小辣椒可是一个三岁的小孩！她太小了，甚至连幼儿园都没上！年纪这么小的女孩本该连寄宿学校都不能进。

虽然她妈妈一遍一遍地苦苦哀求，但修女们也只能斩钉截铁地告诉她在宿舍里肯定没办法给她安排床位。

"只要你们收留我的女儿就行。"她继续乞求道。

那修女们会怎么说？

你们猜：她们又答应了（是院长嬷嬷决定的）。

一个这么小的女孩，被留在一个谁也不认识的地方，她又能做什么呢？只能哭，不是吗？

看她哭得那么伤心，我们也跟着哭了。修女们没有哭，她们不能哭，但是有时她们也会互相拉着对方的手，安慰、鼓励彼此。

我记得以前在家里，我小妹只有三岁的时候，为了安慰她，爸爸妈妈会把她抱在怀里，给她讲故事哄她开心。

但对于我们在寄宿学校的这位小同学来说，生活却不是这样的。偶尔，她也会突然停止哭号，出现在我们面前；有时，还没等你反应过来，一转身的工夫就又找不到她了。

爬上衣柜，躲在桌子下的椅子中间，或者一溜烟儿穿过园子，一直跑到菜地里去……总之，你怎么也抓不住她。

她甚至会掀起修女们的头巾，把它们扯得东倒西歪；突然现身，吓我们一跳，在我们写作业的时候把钢笔弄掉在地上。小辣椒还会突然跳到嬷嬷的怀里，差点把她撞个大趔趄，但是贾钦塔婆婆喜欢她，还会温柔地把她抱在怀中。

想来，在那个小女孩家里，没有人会对她说不。

在我们这里依旧如此。如果她想要一件东西，根本不需要等她张口，她动动手指头就可以"发号施令"，所有人都竞相拿给她。

修女们一辈子也没见过这样的小女孩，一开始她们很惊奇，后来也跟着乐个不停，就像是在电影院看喜剧片似的。

小女孩的真名叫罗萨娜，但是修女们给她起了一个外号叫小辣椒。没错，就是"辣椒"这个词。大家都知道辣椒很刺激，但是放了辣椒的东西会让你更爱吃（只有大人们才会这样，唉！）。

在寄宿学校里有点辣椒也还不错！她的出现让我们平淡如水的生活也变得刺激了一点儿。

但是一天晚上，在漆黑的宿舍里，我听到从她的床铺那儿传来细微的啜泣声。没错，不是那种我们熟悉的，因为膝盖磕破了或任性发脾气的哭声；

不是的，那像是用枕头蒙住后的抽泣，像大人们偷偷的哭泣。

我光脚走了过去，看到罗萨娜在半梦半醒中，泪流满面地在寻找妈妈。

我知道这样做是不允许的，但还是轻轻地把她抱在怀里，悄悄带回了我的床上。

我抱着她，爱抚她，努力让她在身旁这个人温暖的怀抱里睡着。

慢慢地，小辣椒不哭了，她什么都没意识到，又回到了梦乡。

现在我要告诉你们一件事。

想不到吧，我当时只有12岁。但是那天晚上，我的内心爆发出一种难以言说的奇妙感觉：人生中第一次，我感觉自己是一个妈妈。

我就像是狼妈妈那样，不惜一切也要保护她的小宝宝。

我们到底什么时候回家？

"我们到底什么时候回家？"薇拉，我最小的妹妹，每隔三天就要问妈妈一遍。

而妈妈总是会回答："下个星期。"但是，我们两个大一点儿的女孩每次听到这个答案时根本就不相信。

有一天，我也问了妈妈这个问题，但她没法也告诉我说"下个星期",因为我知道这不是真的。

妈妈告诉我,那些"美国士兵"每天都会解放一小块意大利的领土。

但事情并没有这么简单。

德国人并不想让美国士兵前进,于是朝他们猛烈开火,所以美国士兵不得不停下脚步。

"这就是为什么我也不能告诉你们一个准确日期。"妈妈补充说。

然而有一天,生活之门仿佛"嘭"的一声被突然打开,而门后是春天,她带着美丽的花朵、小鸟和属于春天的一切向你微笑。

"孩子们！"妈妈大声对我们说，"美国人已经在安齐奥沙滩登陆了，过不了几天他们就能到罗马了！"

为了让我们意识到这是一件多么令人高兴的事，她还补充道："你们可以收拾行李了。"

要知道，安齐奥是一个离罗马很近的城市——周末，坐个小火车就可以去那儿洗海水浴，晚上只需很短时间就可以再回到自己家（但现在犹太人不能这样做）。

不光是我们开始收拾行李，其他躲在修道院里的人也开始收拾，人很多很多。

妈妈和爸爸每天都通电话，有时他们也会在大

我们又见面了，小朋友们。

有时候我会提前告诉你们一些后来发生的事，但都是一些好事。

但这一次不是。

这一次连大人们也想错了。

美国人并没有如期来到罗马。德国人一点儿都不想让他们过来，于是他们就用巨大的火炮抵挡美国人。

时间一点一点过去，我们越来越难过！我们不得不把行李箱里的东西拿出来，再把它和以前一样塞回床下。那你们知道好人一方用了多久才到了罗马吗？他们一月份就在安齐奥登陆了，但直到六月初才解放了罗马。

那我们呢？从冬天到夏天，我们一直待在那个寄宿学校里。

街上见面（只有他们两个，没有我们），而每次见面都会选在城里的不同地方。

当听到美国人登陆安齐奥的消息时，爸爸开心地跑到我们的寄宿学校。在此之前，他从未来过，因为穿过那鳞次栉比的街道时，不得不冒着被人认出的风险。如果是被坏人认出来了，那坏人就会去给德国人打小报告，德国人就会把爸爸抓走。

但登陆安齐奥这件事实在是一个好消息，爸爸才忍不住要来告诉我们。

后来，当大家知道美国人不会这么快地到来，爸爸也就不来找我们了。但我们经常打电话联系，和之前一样。

不过，你们猜猜看，还有谁每周都来看望我们一次呢？

玛丽亚。

没错，就是玛丽亚。

当爸爸妈妈不得不从家里逃走时，房子就空下来了，玛丽亚认为："房子空在那儿说不定会有其他人跑进去住，甚至会有小偷溜进去。"

她又想："我去房子里住，这样就不会有别人进来了。"

于是，她就来到修道院，对妈妈说："您别担心，我会看顾好你们的房子。"

听到她这么说，妈妈很开心。

后来，玛丽亚又说，为了安全，她要和她男朋友塔尔奇西奥一起住，因为有个男人在身边总觉得会更安全。

但我觉得妈妈听到这个安排的时候就没那么开心了，或许是因为她不认识这个塔尔奇西奥。

玛丽亚每次来修道院看望我们时，总会把我们逃跑时没能拿上的衣服、鞋子和书捎带过来。毕竟行李箱那么小，而且我们当时以为在寄宿学校里最多待一两个月，完全没料想到会待这么久。

除了衣物外，玛丽亚身后背着的大包里还总会装上很多小小的红苹果，虽然这些苹果长得歪瓜裂枣，但是真的很甜！

"阿姨，"有一次，我妹妹薇拉问道，"你不去对门的那个小朋友家里了吗？"

"不去了，不去了，"玛丽亚笑着说，"我一点儿都不喜欢那个小朋友，他们一家人我都不喜欢。"

听完，我们一起开心地笑了，薇拉甚至开心到在草地上打滚儿，给自己弄了一身泥。

不光那一天我们很开心，还有好几个开心的时刻。

你们不要觉得，我们每天只会想着战争、进展缓慢的部队，还有寄宿学校冷冰冰的房间（那时，我们已经没有煤炭用来烧暖气了)。

别忘了，我们还有一个非常漂亮的剧场！

经过一次又一次的排练，背诵好几个月的台词，我们终于在狂欢节到来时准备好了！

这场演出名叫"勇敢的女船长"。

你们注意到了吗？女船长，是女人！

这是一个讲述几个机灵又团结的女孩的故事，尽管她们的家族里纷争频发，诸事不顺，但她们总是能摆平各种麻烦。

而我是剧里的女一号。

哎呀，其实也不完全是。

我扮演的是女一号的小妹妹，但我觉得，小妹妹的角色可比女一号重要，因为这个角色最可爱、最机灵（还经常能逗所有人开心）。

这是一个发生在过去的故事——舞台上的我身着华丽的裙子，蓝色天鹅绒直垂到脚跟，上半身是深蓝色的外套，上面还点缀着一些金线的刺绣。这简直是我一直做梦都想穿的衣服。

当然，爸爸还是没能来看我们表演，但玛丽亚可以，而且她还带来了我们很喜欢的丑兮兮的小红苹果。

为了买到这样的苹果，她应该在市场上排了很长很长的队吧。

兜兜转转，玛丽亚又回归我们的家庭了。

终于回家了

还记得大人们说了多少次"战争的尾声越来越近了"吗？一听见他们重复这句话，我们这群孩子都会觉得好笑，随即也会因战争还未结束而难过。但是有一天，是的，有一天这件事成真了！最近几个星期我们总能听到震耳欲聋的爆炸声，就在罗马周围的小山后头。飞机从我们头顶掠过，飞得越来越低，越来越快。"嗖"的一声，就飞走不见了。

　　有时，我们能清楚地看到蓝蓝的天空上掉落的炸弹，它们的轮廓就像书中画的那样清晰。

　　一开始，我们用两只手堵住耳朵，惊恐地大喊大叫。

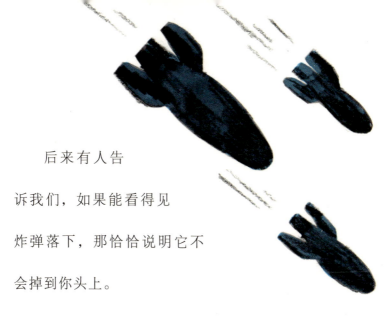

后来有人告

诉我们，如果能看得见

炸弹落下，那恰恰说明它不

会掉到你头上。

我也不知道这是不是真的，这么写出来是因为

他们就是这样告诉我的。

如果有人告诉你们这不是真的，那么也请你们

相信他，且麻烦你们写信告诉我这件事，好吗？

后来，某天下午，临近傍晚的时候，你们猜我

们在大门栏杆外看到了什么？

我们看到了德国士兵。

153

他们歪七扭八地打我们面前经过，有的骑马，有的骑自行车，有的坐小车，有的走路，个个拖着沉重的步伐，像极了被喊去写作业时的孩子。

最初，他们总是一身平整又帅气的军装，而现在他们灰头土脸，衣服也破破烂烂。

其中一个在学校门前停下，想要点水喝。修女们带他走到菜园的水井边，我们都躲在后面看着这一幕。

这个士兵满头大汗、垂头丧气、魂不守舍。等他走远之后，修女轻声说了一句："可怜的孩子。"

我想不通了，他不是我们的敌人吗？

修女们也总是祈祷，希望德国人赶紧离开。

但是，或许他本来并不是坏人。

一天后，我们突然再听不到枪声了，也再没看到蓝天上飞过一架飞机。

在无数的"轰""嘭""嘭"消失后，此时的寂静反而让人感觉有点害怕。

收音机和电话也不再有信号，城里的电车和公交车也全部停摆，宛若《森林里的睡美人》中的恐怖场景。

接下来还会发生什么呢？一些惶惶不安的人觉得，或许德国人考虑一番后还会卷土重来。

但第二天早上，外面的世界突然一片欢腾。

"他们来了！"

"美国人来了！"

"我们自由了！"

我们不知道是谁在大喊，也不知道这消息是从哪儿传来的，没准，天空中刚刚飘来了一行大字。

妈妈拥抱了我们，但只抱了一分钟，就转身和修女们，还有其他所有藏身在修道院里的人们拥抱。

之前，从没有人敢说出自己的真实身份，现在所有人都彼此交换真实姓名，讲述着自己的来历。

但每个人都没有时间细听故事，现在最好还是跑出去看看！

妈妈拉着我和妹妹加布里埃莱的手（她把薇拉留在幼儿园里玩）说："我们去街上，去有房子和有人的地方看看吧。"

外面人山人海，所有人都欢呼雀跃。

士兵们挥着手问好，他们笑着从卡车上向小朋友们扔巧克力和糖果。

你们相信吗？

没过几个小时，城市里就插满了旗帜。绿色、白色和红色在蓝天下飘扬，似乎也有意想给这场狂欢增添尽可能多的色彩。

我们刚一回到寄宿学校，妈妈立刻建议修女们也在修道院的阳台上挂上三色旗。

修女们放了两面旗，一面在左边，一面在

右边。

不过，我们没有立刻回家——学校里的课还没上完，而且还需要不紧不慢地收拾行李。

快点儿、慢点儿又何妨？不过时间问题而已，我们自由了，可以想什么时候回家就什么时候回家。但事实上，我们这些孩子们并不能随意回家，只有妈妈和爸爸可以，而且爸爸立刻就跑来找我们了。

我们还"私下"会见了几个美国士兵，也就是在我们现在的家，在这所寄宿学校里见到了他们。

巧合的是来人是两个美国士兵，奇怪的是，他们也来要水喝。

修女把他们带到菜园的水井边上，而我们排着队跟在后头，就好像几天前德国士兵来的时候那样。

这两个人喝完水，又掬起水泼在自己脸上，眨了眨眼后开怀大笑。

其中一个从篱笆上摘了一朵玫瑰，把花插在了头盔上覆盖的网绳里。

鲜红的玫瑰花下，可以看到他一口洁白的牙齿。

那位头盔上别着玫瑰的战士是我此生第一个崇拜的人，即便我再也没有见过他。

而现在！回家的时刻终于到来了！

家里还没有恢复供电，所以不能坐电梯，我们得搬着行李箱徒步爬上五层楼。

但是这样更好，如果有人听到我心跳声很快，那我可以说是因为爬楼梯喘粗气的缘故。

终于，钥匙开始在锁孔里旋转，门打开了——

家！我们的家！

你们有没有过那种从奇幻的梦境中醒来，睁开眼睛回到现实的感觉？

我们的家之前是这样的吗？

这也太小了！习惯了修道院长长的走廊、大大的客厅和高高的天花板后，家里的走廊和房间看起来像是只小盒子。

　　玛丽亚神情羞窘，她和我们解释说，她和男朋友塔尔奇西奥一起住在我们家的这几个月里，某一天咖啡壶烧炸了，沸腾的咖啡喷到了厨房的墙壁和天花板上。为了补救墙面，他们在一块块咖啡渍上涂了一些石灰，结果厨房变得更丑了，看上去跟得了严重的皮肤病似的。

　　这就是我朝思暮想的那个家吗？

　　战争几乎摧毁了所有：没有电，也没有燃气，厨房生锈的水龙头里也不出水了。

　　玛丽亚（我们的玛丽亚，虽然总是板着脸，但是她又回到了我们身边）把两个水壶放到我手里，

对我说："你得去水井那儿把壶灌满。"

于是，我像个大人一样，独自下了楼。

在水井那儿，有很多像我一样的小孩在排着队。我们一起玩了一会儿，还互相把水泼到对方身上。

回家路上，我决定在外面多玩一会儿，所以走了另一条路。

我自由啦！

我不再介意房子又小又难看，也不担心一天中只有一小时可以用电了（我虽然不能躺在床上看书，但我可以在烛光下偷偷看）！

自由，让我感觉重新拥有了整个世界，这种想去哪儿就飞奔去哪儿的感觉美妙非凡。

只,是个女孩,仅此而已

后来,我们拿回了我们的收音机,真是太好啦!我们对它爱不释手,恨不得每分每秒都在听广播,广播的内容枯燥又无聊也没关系。

或许是因为这枯燥与无聊我们之前想听也听不到吧。

对了,我很喜欢听一个青少年节目,它讲述了一个名叫迪克的警察的故事，他可真是个天才，每次都能发现坏人，最后把坏人绳之以法。

有一次，广播节目还和我们这些听众做了一个小游戏，让我们猜一猜迪克的故事里谁是坏人。小朋友们要给节目组写信参与活动，猜对答案的人可以得到一本图画书作为奖品。谁是坏人我一下子就发现了，至少我自己这样觉得！

于是，我开始写信。

"亲爱的广播台，"我开头这样写道，"我是一个犹太小女孩……"

等我写完之后，我拿给妈妈看了看这封信。

妈妈把信拿在手里开始朗读，但读了几行之

后……你猜，妈妈做了什么？

她把那张信纸撕了——我很认真地写完的那张信纸，妈妈把它撕成一块块碎片！

"怎么了，妈妈？"我想要大喊，但一时间并没有喊出声来。

我是犯了什么大错吗？即便是我写错了什么，难道不能修改吗？

但是，妈妈的表情并不严厉。

只见，她欢快地把碎纸片抛到空中，就好像狂欢节时扔彩纸一样。

"你不是一个犹太小女孩，"她笑着对我说，"你只是个女孩，仅此而已。"

这是什么意思？这么多年所有人都说我是"犹太学生"，他们还拿小本本写下来。

我知道现在已经没有针对犹太人的政策了，但我不明白为什么我还不能说自己是犹太人。

而这一刻，妈妈笑了。

"你没明白，孩子，你当然是犹太人。"妈妈说。

她又一字一句地向我解释："你是犹太人，但这是你自己的事，而不需要写一个牌子挂在胸前。你是犹太人，你有两个妹妹，你在上学，你喜欢看电影……这些都是你自己的事。你想不想说这些事，是由你自己决定的，这和政府以及那些管理国家的人没有关系。他们应该让你去上学，去体育馆，去图书馆，去上网球课，上舞蹈课，而不能说：'他可以去，但你不能去。'"

"所有小朋友都一样，对吗？"听到这儿，我认真地问道。

"当然，大家都一样，不管是瑞典小朋友，中国小朋友，还是非洲小朋友，不管是那些家里有大阳台的小朋友，还是那些无家可归的小朋友，不管是那些喜欢学习的小朋友，还是不爱学习的小朋友……"

这时的妈妈很高兴，因为她知道我已经懂得了她的用心。

"那么，我不是唯一那个'只是个女孩，仅此而已'的人啦！"我有点开玩笑地说。

"你是我的'小女孩，仅此而已'。"妈妈回答道。

说完，她紧紧地把我抱在了怀里。

　　利娅·莱维出生于比萨，祖籍皮埃蒙特大区，现居住于罗马。于哲学专业毕业后，莱维一直从事新闻及相关工作，在三十余年的时间里她领导了犹太月刊 Sbalom。她的第一部小说《只是个女孩》（e/o 出版社出版）曾赢得了 1994 年的艾尔莎·莫兰黛文学奖金奖，我们现在看到的内容针对儿童读者作了改编。自此之后，莱维创作了多部作品，为她带来了诸多奖项和荣誉，莱维也由此成了意大利儿童及成人叙事文学领域的标志性人物。

　　佐西亚·杰尔扎夫斯卡是一位来自波兰华沙的插画师和漫画家。她也是米兰插画设计工作室 Armad'illo 的联合创始人。她与众多出版社合作，用精致生动的画笔为孩子们绘制插画和漫画。她的作品多次在博洛尼亚插画展和纽约插画协会展出。其作品最受喜爱的特点是创造新世界的无限可能，每一部书都是一段旅行，而《只是个女孩》对她而言，无疑是一段异常动人之旅。